周作人著作

过去的生命

钟叔河——编订

岳麓书社·长沙

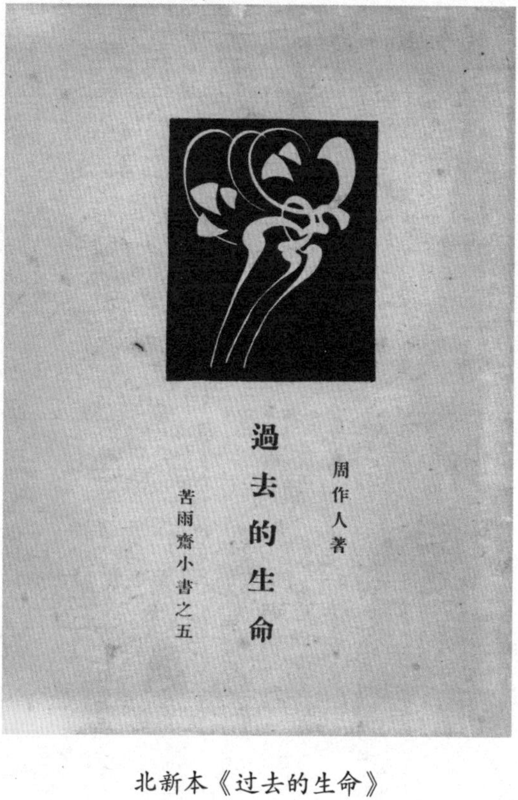

北新本《过去的生命》

编者的话

钟叔河

一九八七年一月七日《光明日报》上，岳麓书社刊出了我拟稿的一帧广告（左图），宣布了书社和我对重印周作人著作的观点：

“人归人，文归文。周作人其人的是非功过是另一问题，其书的主要内容是对传统文化和国民性进行反思，对中国—西方和中国—日本的文化历史进行比较研究，今之读者却不可不读。……”

随即便开始出书。既出周作人著作的单行本，也出精装合订本。两年之间，出了二十四种。

书当然不是想出便能出的，得按规矩，走程序。周家授权了，报告批复了，宋木文、杨牧之、伍杰各位领导都当面或来信表示应允和支持了，便能够出了。

出就得出好。当时强调了两条：（一）因为均系据旧本重印，所以一定要认真校订，尽力改正旧本误植失校的错误；（二）因为手稿不存，无法对勘，所以一定要详出校记，改动处一概保留原文，承担责任。

这两条，读者看来大都是认可的。直到如今，在旧书网上，八十年代“岳麓版”的周作人著作，始终都卖得不错。

现在，岳麓书社决定又来重版周作人著作，仍然要我负责编订，做法则一仍其旧。还是这些书，还是这两条，新的广告也就不必再做了。

鄢琨君三十年前和我同编了这些书，此次仍然合作，所有案头工作都是他做，各书重版说明也多是他写的。校记原列表在书末，如今改作尾注。鄢君新增校改之处，标出“鄢校”，特此说明，并志感谢。

二〇一八年五月十五日于长沙。

重版说明

《过去的生命》，周作人唯一的新诗集，一九二九年十一月北新书局初版，为《苦雨斋小书》之五，有序一篇，收作品三十五篇。

周氏在序文中说：“这里所收集的三十多篇东西，是我所写的诗的一切。”他所说的诗，指的都是新诗，即“这些‘诗’的文句都是散文的”。而且，其中的《西山小品》二篇，本来就是散文，原系以日文写成，曾刊于日本杂志，后又自己译成中文，一九二二年二月刊于《小说月报》十三卷二号。将其入集，大概是作者认为，“能够表现出当时的情意，亦即是过去的生命”的“别种的散文小品”，其实也就是诗的缘故吧。

《昼梦》和《寻路的人》二篇，也是标准

的散文——散文诗，后者曾收入晨报版《自己的园地》作为代跋，北新版将其抽出，又改入《谈虎集》了。

本社一九八七年七月据北新本校订印行，此次仍据该本加校重版。

原未入集的和周氏后来写作的“文句都是散文的”诗作，有的虽是游戏文章，但于了解作者思想情绪仍有参考价值，重版时搜集到的有一十五首，遂援《知堂杂诗抄》例编为“外编”。

目　录

外　编

序

这里所收集的三十多篇东西，是我所写的诗的一切。我称他为诗，因为觉得这些的写法与我的普通的散文有点不同。我不知道中国的新诗应该怎么样才是，我却知道我无论如何总不是个诗人，现在“诗”这个字不过是假借了来，当作我自己的一种市语罢了。其中二十六篇，曾收在《雪朝》第二集中，末尾七篇是新加入的，就用了第十二篇《过去的生命》做了全书的名字。这些“诗”的文句都是散文的，内中的意思也很平凡，所以拿去当真正的诗看当然要很失望，但如算他是别种的散文小品，我相信能够表现出当时的情意，亦即是过去的生命，与我所写的普通散文没有什么不同。因为这样缘故，我觉得还可以把他收入《苦雨斋小书》的里边，未必是什么敝帚自珍的意思，若是献丑狂（Exhibitionism）呢，那与天下滔滔的文士一样，多少怕有一点儿罢？

书面图案系借用库普加（Frank Kupka）的画，题曰《生命》。我是不懂美术的，只听说他的画是神秘派的，叫做什么 Orphism，也不知道他是哪里人。

一九二九年八月十日，周作人于北平。

两个扫雪的人

阴沉沉的天气，
香粉一般的白雪，下的漫天遍地。
天安门外，白茫茫的马路上，
全没有车马踪迹，
只有两个人在那里扫雪。

一面尽扫，一面尽下，
扫净了东边，又下满了西边，
扫开了高地，又填平了坳地。
粗麻布的外套上已经积了一层雪，
他们两人还只是扫个不歇。

雪愈下愈大了，
上下左右都是滚滚的香粉一般的白雪。
在这中间，好像白浪中漂着两个蚂蚁，

他们两人还只是扫个不歇。

祝福你扫雪的人！
我从清早起，在雪地里行走，不得不谢谢你。

（一九一九年一月十三日在北京）

小河[①]

一条小河，稳稳的向前流动。
经过的地方，两面全是乌黑的土，
生满了红的花，碧绿的叶，黄的果实。

一个农夫背了锄来，在小河中间筑起一道堰。下流干了，上流的水被堰拦着，下来不得，不得前进，又不能退回，水只在堰前乱转。

水要保他的生命，总须流动，便只在堰前乱转。
堰下的土，逐渐淘去，成了深潭。
水也不怨这堰，——便只是想流动，
想同从前一般，稳稳的向前流动。

一日农夫又来，土堰外筑起一道石堰。
土堰坍了，水冲着坚固的石堰，还只是乱转。

堰外田里的稻，听着水声，皱眉说道，——
“我是一株稻，是一株可怜的小草，
我喜欢水来润泽我，
却怕他在我身上流过。
小河的水是我的好朋友，
他曾经稳稳的流过我面前，
我对他点头，他向我微笑。
我愿他能够放出了石堰，
仍然稳稳的流着，
向我们微笑，
曲曲折折的尽量向前流着，
经过的两面地方，都变成一片锦绣。
他本是我的好朋友，
只怕他如今不认识我了，
他在地底里呻吟，
听去虽然微细，却又如何可怕！
这不像我朋友平日的声音，
被轻风挽着走上沙滩来时，
快活的声音。
我只怕他这回出来的时候，
不认识从前的朋友了，——
便在我身上大踏步过去。

我所以正在这里忧虑。”
田边的桑树，也摇头说，——
“我生的高，能望见那小河，——
他是我的好朋友，
他送清水给我喝，
使我能生肥绿的叶，紫红的桑葚。
他从前清澈的颜色，
现在变了青黑，
又是终年挣扎，脸上添出许多痉挛的皱纹。
他只向下钻，早没有工夫对了我[②]点头微笑。
堰下的潭，深过了我的根了。
我生在小河旁边，
夏天晒不枯我的枝条，
冬天冻不坏我的根。
如今只怕我的好朋友，
将我带倒在沙滩上，
伴[③]着他卷来的水草。
我可怜我的好朋友，
但实在也为我自己着急。”

田里的草和虾蟆，听了两个的话，
也都叹气，各有他们自己的心事。

水只在堰前乱转，

坚固的石堰，还是一毫不摇动。

筑堰的人，不知到那里去了。

（一月二十四日）

【锺校】

①本诗1919年2月15日初刊于《新青年》6卷2号时，前有小序："有人问我，这诗是什么体，连自己也回答不出。法国波特莱尔（Baudelaire）提倡起来的散文诗，略略相像，不过他是用散文格式，现在却一行一行的分写了。内容大致仿那欧洲的俗歌；俗歌本来最要叶韵，现在却无韵。或者算不得诗，也未可知；但这是没有什么关系。"

②原衍"的"字，已删。

③"伴"原作"拌"。

背枪的人

早起出门，走过西珠市，
行人稀少，店铺多还关闭，
只有一个背枪的人，
站在大马路里。
我本愿人“卖剑买牛卖刀买犊”，
怕见恶狠狠的兵器。
但他长站在守望面前，
指点道路，维持秩序，
只做大家公共的事，
那背枪的人，
也是我们的朋友，我们的兄弟。

（三月七日）

画家

可惜我并非画家，
不能将一枝毛笔，
写出许多情景。——

两个赤脚的小儿，
立在溪边滩上，
打架完了，
还同筑烂泥的小堰。

车外整天的秋雨，
靠窗望见许多圆笠，——
男的女的都在水田里，
赶忙着分种碧绿的稻秧。[①]

小胡同口

放着一副菜担，——
满担是青的红的萝卜，
白的菜，紫的茄子，
卖菜的人立着慢慢的叫卖。

初寒的早晨，
马路旁边，靠着沟口，
一个黄衣服蓬头的人，
坐着睡觉，——
屈了身子，几乎叠作两折。
看他背后的曲线，
历历的显出生活的困倦。

这种种平凡的真实印象，
永久鲜明的留在心上，
可惜我并非画家，
不能用这枝毛笔，
将他明白写出。

（九月二十一日）

【原注】

①以上两节系夏间在日本日向道中所见。

爱与憎

师只教我爱，不教我憎，
但我虽然不全憎，也不能尽爱。
爱了可憎的，岂不薄待了可爱的？

农夫田里的害虫，应当怎么处？
蔷薇上的青虫，看了很可憎，
但他换上美丽的衣服，翩翩的飞去。
稻苗上的飞蝗，被着可爱的绿衣，
他却只吃稻苗的新叶。
我们爱蔷薇，也能爱蝴蝶。
为了稻苗，我们却将怎么处？

（十月一日）

荆棘

我们间壁有一个小孩，
他天天只是啼哭。
他要在果园的周围，
添种许多有刺的荆棘。
间壁的老头子发了恼，
折下一捆荆棘的枝条，
小孩的衣服掉在地上，
荆条落在他的背上。
他的背上着了荆条，
他嘴里还只是啼哭，
他要在果园的周围，
添种许多有刺的荆棘。

（一九二〇年二月七日）

所见

三座门的底下，
两个人并排着慢慢地走来。
一样的憔悴的颜色，
一样的戴着帽子，
一样的穿着袍子，
只是两边的袖子底下，
拖下一根青麻的索子。
我知道一个人是拴在腕上，
一个人是拿在手里，
但我看不出谁是谁来。

皇城根的河边，
几个破衣的小孩们，
聚在一处游戏。
“马来，马来！”

骑马的跨在他同伴的背上了。
等到月亮上来的时候，
他们将柳条的马鞭抛在地上，
大家说一声再会，
笑嘻嘻的走散了。

（一九二〇年十月二十日）

儿歌

小孩儿，你为什么哭？
你要泥人儿么？
你要布老虎么？

也不要泥人儿，
也不要布老虎。
对面杨柳树上的三只黑老鸹，
哇儿哇儿的飞去了。

慈姑的盆

绿盆里种下几颗慈姑，
长出青青的小叶。
秋寒来了，叶都枯了，
只剩了一盆的水。
清冷的水里，荡漾着两三根，
飘带似的暗绿的水草。
时常有可爱的黄雀，
在落日里飞来，
蘸水悄悄地洗澡。

（十月二十一日）

秋风

一夜的秋风，
吹下了许多树叶，
红的爬山虎，
黄的杨柳叶，
都落在地上了。
只有槐树的豆子，
还是疏朗朗的挂着。

几棵新栽的菊花，
独自开着各种的花朵。
也不知道他的名字，
只称他是白的菊花，黄的菊花。

（十一月四日）

梦想者的悲哀

——读倍贝尔的《妇人论》而作

"我的梦太多了。"
外面敲门的声音，
恰将我从梦中叫醒了。
你这冷酷的声音，
叫我去黑夜里游行么？
阿，曙光在那里呢？
我的力真太小了，
我怕要在黑夜里发了狂呢！

穿入室内的寒风，
不要吹动我的火罢。
灯火吹熄了，
心里的微焰却终是不灭，——
只怕在风里发火，
要将我的心烧尽了。

阿，我心里的微焰，

我怎能长保你的安静呢？

（一九二一年三月二日病后）

过去的生命

这过去的我的三个月的生命，那里去了？
没有了，永远的走过去了！
我亲自听见他沉沉的缓缓的一步一步的，
在我床头走过去了。
我坐起来，拿了一枝笔，在纸上乱点，
想将他按在纸上，留下一些痕迹，——
但是一行也不能写，
一行也不能写。
我仍是睡在床上，
亲自听见他沉沉的他缓缓的，一步一步的，
在我床头走过去了。

（四月四日在病院中）

中国人的悲哀

中国人的悲哀呵，
我说的是做中国人的悲哀呵。
也不是因为外国人欺侮了我，
也不是因为本国人迫压了我：
他并不指着姓名要打我，
也并不喊着姓名来骂我。
他只是向我对面走来，
嘴里哼着些什么曲调，一直过去了。
我睡在家里的时候，
他又在墙外的他的院子里，
放起双响的爆竹来了。

（四月六日）

歧路

荒野上许多足迹，
指示着前人走过的道路，
有向东的，有向西的，
也有一直向南去的。
这许多道路究竟到一同的去处么？
我相信是这样的。
而我不能决定向那一条路去，
只是睁了眼望着，站在歧路的中间。

我爱耶稣，
但我也爱摩西。
耶稣说：“有人打你右脸，连左脸也转过来由他打！”
摩西说：“以眼还眼，以牙还牙！”
吾师乎，吾师乎！

你们的言语怎样的确实啊！
我如果有力量，我必然跟耶稣背十字架去了。
我如果有较小的力量，我也跟摩西做士师去了。
但是懦弱的人，
你能做什么事呢？

（四月十六日）

苍蝇

我们说爱，
爱一切众生，
但是我——却觉得不能全爱。
我能爱狼和大蛇，
能爱在山林里的猪。
我不能爱那苍蝇。
我憎恶他们，我诅咒他们。
大小一切的苍蝇们，
美和生命的破坏者，
中国人的好朋友的苍蝇们啊！
我诅咒你的全灭，
用了人力以外的，
最黑最黑的魔术的力。

（四月十八日）

小孩

一个小孩在我的窗外面跑过，
我也望不见他的头顶。
他的脚步声虽然响，
但于我还很寂静。

东边一株大树上，
住着许多乌鸦，又有许多看不见的麻雀，
他们每天成群的叫，
仿佛是朝阳中的一部音乐。

我在这些时候，
心里便安静了，
反觉得以前的憎恶，
都是我的罪过了。

（四月二十日）

小孩

一

我看见小孩，
每引起我的贪欲，
想要做富翁了。

我看见小孩，
又每引起我的嗔恚，
令我向往种种主义的人了。

我看见小孩，
又每引起我的悲哀，
洒了我多少心里的眼泪。
阿，你们可爱的不幸者，

不能得到应得的幸福的小人们！
我感谢种种主义的人的好意，
但我也同时体会得富翁的哀愁的心了。

二

荆棘丛里有许多小花，
长着憔悴嫩黄的叶片。
将他移在盆里端去培植么？
拿锄头来将荆棘掘去了么？
阿，阿，
倘使我有花盆呵！
倘使我有锄头呵！

（五月四日）

山居杂诗

一

一丛繁茂的藤萝，
绿沉沉的压在弯曲的老树枯株上，
又伸着两三枝粗藤，
大蛇一般的缠到柏树上去，
在古老深碧的细碎的柏叶中间，
长出许多新绿的大叶来了。

二

六株盆栽的石榴，
围绕着一大缸的玉簪花，
开着许多火焰似的花朵。
浇花的和尚被捉去了，
花还是火焰似的开着。

三

我不认识核桃，
错看他作梅子，
卖汽水的少年，
又说他是白果。
白果也罢，梅子也罢，
每天早晨去看他，
见他一天一天的肥大起来，
总是一样的喜悦。

（六月十日在西山）

四

不知什么形色的小虫，
在槐树枝上吱吱的叫着。
听了这迫切尖细的虫声，
引起我一种仿佛枯焦气味的感觉。
我虽然不能懂得他歌里的意思，
但我知道他正唱着迫切的恋之歌，
这却也便是他的迫切的死之歌了。

（六月十七日晚）

五

一片槐树的碧绿的叶，
现出一切的世界的神秘，
空中飞过的一个白翅膀的白[①]蛉子，
又牵动了我的惊异。
我仿佛会悟了这神秘的奥义，
却又实在未曾了知。
但我已经很是满足，
因为我得见了这个神秘了。

（六月二十一日）

六

后窗上糊了绿的冷布，
在窗口放着两盆紫花的松叶菊。
窗外来了一个大的黄蜂，
嗡嗡的飞鸣了好久，
却又惘然的去了。
阿，我真做了怎样残酷的事呵！

（六月二十二日）

七

“苍蝇纸”上吱吱的声响，
是振羽的机械的发音么？
是诉苦的恐怖的叫声么？
“虫呵，虫呵！难道你叫着，业便会尽了么？”[②]
我还不如将你两个翅子都粘上了罢。

（二十五日）

【锺校】

①“白”原作“百”。

【原注】

②这是日本古代失名的一句诗。

对于小孩的祈祷

小孩呵，小孩呵，
我对你们祈祷了。
你们是我的赎罪者。
请赎我的罪罢，
还有我所未能赎的先人的罪，
用了你们的笑，
你们的喜悦与幸福，
用了得能成为真正的人的矜夸。
在你们的前面，有一个美的花园。
从我的上头跳过了，
平安的往那边去罢。
而且请赎我的罪罢，——
我不能够到那边去了，
并且连那微茫的影子也容易望不见了的罪。[1]

（八月二十八日在西山作）

【原注】

①这首诗当初用日本语所写，登在几个日本的朋友所办的杂志《生长的星之群》一卷七号上。曾译作国语，寄给《新青年》社，但是没有留稿，现在重译一回，文句上不免有点异同，特加说明。一九二二年一月七日附记。

小孩

一

我初次看见小孩了。
我看见人家的小孩，觉得他可爱，
因为他们有我的小孩的美，
有我的小孩的柔弱与狡狯。
我初次看见小孩了，
看见了他们的笑和哭，
看见了他们的服装与玩具。

二

我真是偏私的人呵。
我为了自己的儿女才爱小孩，
为了自己的妻才爱女人，
为了自己才爱人。
但是我觉得没有别的道路了。

（一九二二年一月十八日）

她们

我有过三个恋人，
虽然她们都不知道。
她们无意地却给了我许多：
有的教我爱恋，
有的教我妒忌，
我都感谢她们，
谢她给我这苦甜的杯。

她未嫁而死，
她既嫁而死，
她不知流落在什么地方，
我无心去再找她了。
养活在我的心窝里，
三个恋人的她却还是健在。

她的照相在母亲那里，
我不敢去要了来看。
她俩的面庞都忘记了，
只留下一个朦胧的姿态，
但是这朦胧的却最牵引我的情思。
我愈是记不清了，
我也就愈不能忘记她了。

高楼

那高楼上的半年，
她给我的多少烦恼。
只如无心的春风，
吹过一棵青青的小草。
她飘然的过去了，
却吹开了我的花朵。
我不怨她的无情，——
长怀抱着她那神秘的痴笑。

饮酒

你有酒么？
你有松香一般的粘酒，
有橄榄油似的软酒么？
我渴的几乎恶心，
渴的将要瞌睡了，
我总是口渴：
喝的只有那无味的凉水。

你有酒么？
你有恋爱的鲜红的酒，
有憎恶的墨黑的酒么？
那是上好的酒。
只怕是——我的心老了钝了，
喝着上好的酒，
也只如喝那无味的白水。

（一九二三年三月十二日）

花

我爱这百合花，
她的香气熏的使人醉了，
我愿两手捧住了她，
便在这里睡了。

我爱这蔷薇花，
爱她那酽酒似的滋味，
我便埋头在她中间，
让我就此死罢。

（十月二十六日，仿某调，学作情诗，在北京中一区）

昼梦

我是怯弱的人，常感到人间的悲哀与惊恐。

严寒的早晨，在小胡同里走着，遇见一个十四五岁的小姑娘，充血的脸庞隐过了自然的红晕，黑眼睛里还留着处女的光辉，但是正如冰里的花片，过于清寒了，——这悲哀的景象已经几乎近于神圣了。

胡同口外站着候座的车夫，粗麻布似的手巾从头上包到下颔，灰尘的脸的中间，两只眼现出不测的深渊，仿佛又是冷灰底下的炭火，看不见地逼人，我的心似乎炙的寒颤了。

我曾试我的力量，却还不能把院子里的蓖麻连根拔起。

我在山上叫喊，却只有返响回来，告诉我的声音的可痛地微弱。

我往何处去祈求呢？只有未知之人与未知之神了。

要去信托未知之人与未知之神，我的信心却又太薄弱一点了。

（一九二三，一月三日）

寻路的人

——赠徐玉诺君

我是寻路的人。我日日走着路寻路，终于还未知道这路的方向。

现在才知道了，在悲哀中挣扎着正是自然之路，这是与一切生物共同的路，不过我们单独意识着罢了。

路的终点是死。我们便挣扎着往那里去，也便是到那里以前不得不挣扎着。

我曾在西四牌楼看见一辆汽车载了一个强盗往天桥去处决，我心里想，这太残酷了，为什么不照例用敞车送的呢？为什么不使他缓缓的看沿路的景色，听人家的谈论，走过应走的路程，再到应到的地点，却一阵风的把他送走了呢？这真是太残酷了。

我们谁不是坐在敞车上走着呢？有的以为是往天国去，正在歌笑；有的以为是下地狱去，正在悲哭；有的醉了，睡了。我却只想缓缓的走着，看沿路的景色，听人家的谈论，尽量地享受这些应得的苦和乐，至于路线如何，或是由西四牌楼往南，或是由东单牌楼往北，那有什么关系？

玉诺是于悲哀深有阅历的，这一回他的村寨被土匪攻破，只有他的父亲在外边，此外的人都还没有消息。他说，他现在没有泪了。——你也已经寻到了你的路了罢。

他的似乎微笑的脸，最令我记忆。这真是永远的旅人的颜色。我们应当是最大的乐天家，因为再没有什么悲观和失望了。

（一九二三年七月三十日）

西山小品

一　一个乡民的死

我住着的房屋后面，广阔的院子中间，有一座罗汉堂。他的左边略低的地方是寺里的厨房，因为此外还有好几个别的厨房，所以特别称它作大厨房。从这里穿过，出了板门，便可以走出山上。浅的溪坑底里的一点泉水，沿着寺流下来，经过板门的前面。溪上架着一座板桥。桥边有两三棵大树，成了凉棚，便是正午也很凉快，马夫和乡民们常常坐在这树下的石头上，谈天休息着。我也朝晚常去散步。适值小学校的暑假，丰一到山里来，住了两礼拜，我们大抵同去，到溪坑底里去检圆的小石头，或者立在桥上，看着溪水的流动。马夫的许多驴马中间，也有带着小驴的母驴，丰一最爱去看那小小的可爱而且又有点呆相的很长的脸。

大厨房里一总有多少人，我不甚了然。只是从那里出入的时候，在有一匹马转磨的房间的一角里，坐在大木箱的旁边，用脚踏着一枝棒，使箱内扑扑作响的一个男人，却常常见到。丰一教我道，那是寺里养那两匹马的人，现在是在那里把马所磨的麦的皮和粉分做两处呢。他大约时常独自去看寺里的马，所以和那男人很熟习，有时候还叫他，问他各种的小孩子气的话。

这是旧历的中元那一天。给我做饭的人走来对我这样说，大厨房里有一个病人很沉重了。一个月以前还没有什么，时时看见他出去买东西。旧历六月底说有点不好，到十多里外的青龙桥地方，找中医去看病。但是没有效验，这两三天倒在床上，已经起不来了。今天在寺里作工的木匠把旧板拼合起来，给他做棺材。这病好像是肺病。在他床边的一座现已不用了的旧灶里，吐了许多的痰，满灶都是苍蝇。他说了又劝告我，往山上去须得走过那间房的旁边，所以现在不如暂时不去的好。

我听了略有点不舒服。便到大殿前面去散步，觉得并没有想上山去的意思，至今也还没有去过。

这天晚上寺里有焰口施食。方丈和别的两个和尚念咒[①]，方丈的徒弟敲钟鼓。我也想去一看，但又觉得麻烦，终于中止了，早早的上床睡了。半夜里忽然醒过来，听见什么地方有铙钹的声音，心里想道，现在正是送鬼，那么施食也将完了罢，以后随即睡着了。

早饭吃了之后，做饭的人又来通知，那个人终于在清早死掉了。他又附加一句道："他好像是等着棺材的做成呢。"

怎样的一个人呢？或者我曾经见过也未可知，但是现在不能知道了。

他是个独身，似乎没有什么亲戚。由寺里给他收拾了，便在上午在山门外马路傍的田里葬了完事。

在各种的店里，留下了好些的欠账。面店里便有一元馀，油酱店一处大约将近四元。店里的人听见他死了，立刻从账簿上把这一页撕下烧了，而且又拿了纸钱来，烧给死人。木匠的头儿买了五角钱的纸钱烧了。住在山门外低的小屋里的老婆子们，也有拿了一点点的纸钱来吊他的。我听了这话，像平常一样的，说这是迷信，笑着将它抹杀的勇气，也没有了。

（一九二一年八月三十日作）

二　卖汽水的人

我的间壁有一个卖汽水的人。在般若堂院子里左边的一角，有两间房屋，一间作为我的厨房，里边的一间便是那卖汽水的人住着。

一到夏天，来游西山的人很多，汽水也生意很好。从汽水厂用一块钱一打去贩来，很贵的卖给客人。倘若有点认识，或是善于还价的人，一瓶两角钱也就够了，否则要卖三四角不等。礼拜日游客多的时候，可以卖到十五六元，一天里差不多有十元的利益。这个卖汽水的掌柜本来是一个开着煤铺的泥水匠，有一天到寺里来作工，忽然想到在这里来卖汽水，生意一定不错，于是开张起来。自己因为店务及工作很忙碌，所以用了一个伙计替他看守，他不过偶然过来巡阅一回罢了。伙计本是没有工钱的，火食和必要的零用，由掌柜供给。

我到此地来了以后，伙计也换了好几个了，近来在这里的是一个姓秦的二十岁上下的少年，体格很好，微黑的圆脸，略略觉得有点狡狯，但也有天真烂熳的地方。

卖汽水的地方是在塔下，普通称作塔院。寺的后边的广场当中，筑起一座几十丈高的方台，上面又竖着五枝石塔，所谓塔院便是这高台的上边。从我的住房到塔院底下，也须走过五六十级的台阶，但是分作四五段，所以还可以上去，至于塔院的台阶总有二百多级，而且很峻急，看了也要目眩，心想这一定是不行罢，没有一回想到要上去过。塔院下面有许多大树，很是凉快，时常同了丰一，到那里看石碑，随便散步。

有一天，正在碑亭外走着，秦也从底下上来了。一只长圆形的柳条篮套在左腕上，右手拿着一串连着枝叶的樱桃似的果实。见了丰一，他突然伸出那只手，大声说道："这个送你。"丰一跳着走去，也大声问道：

"这是什么？"

"郁李。"

"哪里拿来的？"

"你不用管。你拿去好了。"他说着，在狡狯似的脸上现出亲和的微笑，将果实交给丰一了。他嘴里动着，好像正吃着这果实。我们拣了一颗红的吃了，有李子的气味，却是很酸。丰一还想问他什么话，秦已经跳到台阶底下，说着"一二三"，便两三级当作一步，走了上去，不久就进了塔院第一个的石的穹门，随即不见了。

这已经是半月以前的事情了。丰一因为学校将要开始，也回到家里去了。

昨天的上午，掌柜的侄子飘然的来了。他突然对秦说，要收店了，叫他明天早上回去。这事情太鹘突，大家都觉得奇怪，后来仔细一打听，才知道因为掌柜知道了秦的作弊，派他的侄子来查办的。三四角钱卖掉的汽水，都登了两角的账，馀下的都没收了存放在一个和尚那里，这件事情不知道有谁用了电话告诉了掌柜了。侄子来了之后，不知道又在哪里打听了许多话，说秦买怎样的好东西吃，半个月里吸了几盒的香烟，于是证据确凿，终于决定把他赶走了。

秦自然不愿意出去，非常的颓唐，说了许多辩解，但是没有效。到了今天早上，平常起的很早的秦还是睡着，侄子把他叫醒，他说是头痛，不肯起来。然而这也是无益的了，不到三十分钟的工夫，秦悄然的出了般若堂去了。

我正在有那大的黑铜的弥勒菩萨坐着的门外散步。秦从我的前面走过，肩上搭着被囊，一边的手里提了盛着一点点的日用品的那一只柳条篮。从对面来的一个寺里的佃户见了他问道：

“哪里去呢？”

“回北京去！”他用了高兴的声音回答，故意的想隐藏过他的忧郁的心情。

我觉得非常的寂寥。那时在塔院下所见的浮着亲和的微笑的狡狯似的面貌，不觉又清清楚楚的再现在我的心眼的前面了。我立住了，暂时望着他彳亍的走下那长的石阶去的寂寞的后影。

（八月三十日在西山碧云寺）

这两篇小品是今年秋天在西山时所作，寄给几个日本的朋友所办的杂志《生长的星之群》，登在一卷九号上，现在又译成中国语，发表一回。虽然是我自己的著作，但是此刻重写，实在只是译的气分，不是作的气分。中间隔了一段时光，本人的心情已经前后不同，再也不能唤回那时的情调了。所以我一句一句的写，只是从别一张纸上誊录过来，并不是从心中沸涌而出，而且选字造句等等翻译上的困难也一样的围困着我。这一层虽然不能当作文章拙劣的辩解，或者却可以当作他的说明。

（一九二一年十二月十五日附记）

【锺校】

①“念咒”原作“咒念”。

外　编

寒食这一日，奉和寒星诗翁《中央公园即目一首》

“苍天”不知几“丈高”，
“翠柏”也不知几“千古”，
“我身”用尺量，就知高几许，
“我寿”到死时，就知长几许，
你去“问夕阳”，
他本无嘴无耳朵，
自然是“黯无语”。

附：刘半农《中央公园即目一首》

苍云万丈高，
翠柏千年古，
我身高几许？
我寿长几许？
以此问夕阳，
夕阳黯无语。

微明

醉了回来，倒头便睡，
懵腾里不知过了多少时刻，
一觉醒时，——看四面全然昏黑，
只有窗纸上，现出微白。
不知这是黄昏呢，还是黎明？
静听窗外树上的声息，
不知是夜乌呢，
是离巢小鸟的叫声？
无论如何，醒了便只得披衣坐起，
看这微明究竟是什么，
睁眼只望着窗纸。

（〔一九一九年〕一月二十三日）

（《新青年》第六卷第三期）

路上所见

北长街的马路边，歇着一副卖豆汁的担，
挑担的老人坐在中间，
拿着小刀慢慢的切萝卜片。
一个大眼睛、红面颊、双丫髻的、
四五岁的女儿，坐在他侧面，
面前放着半碗豆汁，
小手里捏了一双竹筷，
张眼望着老人的脸，向他问些什么话。
可惜我的车子过的快，听不到他们的话。
但这景象常在我眼前，
宛然一幅 Raphael 画的天使与圣徒的古画。

（〔一九一九年〕一月二十四日）

（《新青年》第六卷第三期）

北风

好大的北风，便在去年大寒时候，
也不曾有这么大的风。
我向北走，只见满路灰尘，
隐约有几个人影，
但觉这风沙也颇可赏玩，
也是四时里的一种风景。
北风在空中呜呜的叫，
马路旁发芽的杨柳，
当着风不住地动摇，
这猛烈的北风，
也正是将来春天的先兆。

（〔一九一九年〕二月十八日）

（《新青年》第六卷第三期）

偶成

一

北河沿的西边，
立着一所灰色的大屋。
每天响的钟声，
现在忽然没有了，
门外也没有人的行迹。
只见十几个黄布帐，
散在沿河的绿杨树下。

二

许多老老小小的人，
有的蹲着，有的站着，
都在隔河呆望着。
老先生，可怜你们在清朝过了大半生，
没有见过这样有趣的玩意儿。
我告诉你，踏了冰踹了雪，一直往西北，
在那里的旧帐簿上，
却可看到许多这样的事，
用通红的火一般的横行字，
都在那旧帐簿的末叶上记着。

三

他们，“看呵，捉了犯人来了！”
但我们却不见有什么，
只有一位穿黄衣服的朋友，
带了他的侄儿，或是兄弟？
在断绝交通的路上走来。
那弱小的少年，年纪不过十二三，
一身灰色布的制服，袖子上一条红线，
头上却没有帽子。
到了门口，一眨眼间，他忽然不见了，
只有那穿黄衣的朋友还在门外站着，
许多老老小小的人隔了河望着。

四

不相识的小兄弟，
请你受我的敬意，
我愿你出了这门时，
不再受这样的待遇！
我不忍再见你那勇敢悲哀的样子，
但我终不能忘记，
我只愿立志反对军国主义，
将来自有光明，
与我们同做和平的人民，
过自由的日子。

（中华民国八年六月三日）
（《每周评论》第二十五期）

东京炮兵工厂同盟罢工

（一九一九年八月至九月）

一

他们替他造枪，他给他们吃饭；
枪也造得够了，米也贵得多了，
“请多给我们几文罢！”
“………………”

二

“请多给我们几文罢，
米也贵得多了。
我们饭都不够吃了，
也不能替你们造枪了。”

三

枪也造得够了，
工厂的锅炉熄了火了，
工人的灶也断了烟了，
拿枪的人出来，
造枪的人收了监了。

（一九一九年九月二十一日）

（《新青年》第六卷第六期）

京奉车中

两个不买票的兵——一个捉下车去了，
一个躲在厕所里，他事后走出来，
还是悠然的吸烟卷——
穿着一身拥肿的军衣，
一双布底双脸的鞋子。
我知道在这异样服装的底下，
也藏着一样的精神，一样的身体。
我的理性教我恕你爱你，
我的感情还不容我真心的爱你，
不幸的人，我对你实在抱歉，
这是我的力量还没有彻底。

（一九一九年）

（《新潮》第一卷第五期）

苦人

一月二十七日夜，从方巾巷到公用库，路过东皇城根，记起二十六日《晨报》上《北京贫民的悲惨生活》中的一句话，做成这首诗，便用（文中）这一句话作为首句：

“沿城根统是苦人呵。”

苦人这两个字，

引起我许多亲密的感情。

我们谁不是苦人呢？

坐汽车的，穿狐皮的，

又何尝得到人间的幸福，

不过你们更苦罢了。

破烂的衣服，病瘦的面庞，

却还遮不住“人的”悲哀的微笑。

我爱你们，我又能恨谁呢？

耶稣说：“哀恸的人有福了，

因为他们必得安慰。”

你原谅我，请你也受我的祝福了！

（九年二月八日）

（《新生活》二十五期）

醉汉的歌

黄酒江米做，
吃了变猪罗。
我父是醉汉，
我祖也是醉汉，
我的曾祖是个老醉汉。
我是世袭的醉汉，
不醉不是好汉！
来，你们书呆子！
“君子无所争，……”
“天下太平，……”
你敢和我战二百回合么？
我要打你三个嘴巴子！
我要是不醉，也还有几分人气，
我醉了的时候，是个狗，是什么，
……

你叫我“狗”么？

BOW—WOW—WOW！

你望我不醉，

我偏要醉，你敢怎地！

赵钱孙李的赵大哥，

拳头有如醋钵大，

他看见我，一句话都不说，

打三拳在我的背上，

踢三脚在我的腿上，

我便一个倒栽葱，扑通的爬在地上。

“这可不坑死俺也！”

赵大哥，捶的好！

你老好力气，

像你这样才配和我说话哩。

（一九二〇年十月八日）

（《晨报副刊》一九二〇年十月十三日）

题半农《瓦釜集》

（用绍兴方言）

半农哥呀半农哥，偌真唱得好山歌，
一唱唱得十来首，偌格本事直头大。
我是个弗出山格水手，
同撑船人客差弗多，
头脑好唱鹦哥调，
我是只会听来弗会和。
我弗想同偌来扳子眼，
也用弗着我来吹法螺，
今朝轮到我做一篇小序，
岂不是坑死俺也么哥！
——倘若偌一定要我话一句，
我只好连连点头说："好个，好个！"

（一九二二年春夜，于北京）

智人的心算

“二五得一十”，
别人算盘上都是这样，
《笔算数学》上也是这样，
但是我算来总是十一。
难道错的偏是我么？

二十四史是一部好书，
中间写着许多兴亡的事迹。
但在我看来却只是一部立志传：
刘项两人争夺天下，
汉高祖岂不终于成功了么？

堵河是一件危险的事，
古来的圣人曾经说过了，
我也亲见间壁的老彼得被洪水冲去了。

但是我这回不会再被冲去，
我准定抄那老头儿的旧法子了。

（十一年六月二十日旧作）

仁慈的小野蛮

一

偷来的小老鼠，掉在水桶里死了。
小孩们起来见了，都惊异地问道：
“他的母亲会不会在那里找他呢？”

二

见了盘里的麻雀，说是怪可怜的。

怎么要吃他，我的侄儿发了恼了。

但是饭后我走去看时，

把一盘的麻雀连头都吃掉了。

（一月四日）

（《晨报副刊》一九二三年一月十五日）

鬼的叫卖

中华民国十四年一月八日下午五时，从泡子河归沟沿，忽然想起洛色谛女士的长诗《鬼市》（Christina Rossetti，*The Goblin Market*），——是七八年前看过，其实早已忘记了，——车中口占一诗，颇森森有鬼气。从前我做过一首《醉汉的歌》，承半农遥遥的从巴黎贻书见奖，现在他既然被选为语言学会会员，不知还能赏识我这首杰作否？即日七时半录竟记于苦雨斋。

阿唫唫！
嚷的是谁？
我是桥头的小鬼头儿。
挑了担子支了锅，
叫卖现炒大白果。
谁来买，谁来买！
白果白果白果眼，

雪白耳朵好花卷，
还有尖尖的尖脚粽，
佛前摆供的老鸦梓。
肥的白的云南腿，
红糟鼻子胡子嘴，
还有新剐的豆腐奶，
带着大辫的茨菇脑袋。
挑着担子支着锅，
卖些十足的老国货。
谁来买，谁来买！
阿唫唫！
砸了锅儿熄了火，
压破篮儿骇死我，
摔折了腿不打紧，
糟了我的好百货，
只好空手回老窝，
阿唫唫！

［赘语］这首诗当作老实的话看，固然不很妥当；说是全系不老实的话，也不能算对。万一有人看了不很了解，希望费神写个字条给我，定当专函奉答，不误主顾。付印日附记。

国旗颂

“这是何等的伟大!
何等的神圣!
何等的可敬!
何等的可爱!
所以我每次见到
五色国旗的时候,
恨不能呼她为我的母亲,
恨不能叫它做我的爱人,
当我这样默想的时候,
我的全生命已经与
可敬可爱的五色国旗
起了共鸣,
熔而为一了!”

(一九二七年)

奉答藏晖居士

老僧假装好吃苦茶，
实在的情形还是苦雨，
近来屋漏地上又浸水，
结果只好改号苦住。
晚间拼好蒲团想睡觉，
忽然接到一封远方的信，
海天万里八行诗，
多谢藏晖居士的问讯。
我谢谢你很厚的情意，
可惜我行脚却不能做到。
并不是出了家特地忙，
因为庵里住的好些老小。
我还只能关门敲木鱼念经，
出门托钵募化些米面，——
老僧始终是个老僧，

希望将来见得居士的面。

（廿七年九月廿一日，知堂作苦住庵吟，略仿藏晖体，却寄居士美洲。十月八日旧中秋，阴雨如晦中录存。）

附：胡适寄苦雨庵

藏晖先生昨夜作一个梦，
梦见苦雨庵中吃茶的老僧，
忽然放下茶钟出门去，
飘然一杖天南行。
天南万里岂不太辛苦？
只为智者识得重与轻。
梦醒我自披衣开窗坐，
谁知我此时一点相思情。

（一九三八年八月四日　伦敦）

图书在版编目(CIP)数据

过去的生命/周作人著作;锺叔河编订.—长沙:岳麓书社,2019.1

ISBN 978-7-5538-0887-1

Ⅰ.①过... Ⅱ.①周...②锺... Ⅲ.①诗集—中国—现代

Ⅳ.①I226

中国版本图书馆CIP数据核字(2018)第035461号

GUOQU DE SHENGMING

过去的生命

周作人著作 锺叔河编订

特约编辑:鄢 琨

责任编辑:蒋 浩

责任校对:舒 舍

书籍设计:风格八号

岳麓书社出版发行

地址:湖南省长沙市爱民路47号

直销电话:0731-88804152 0731-88885616

邮编:410006

2019年1月第1版第1次印刷

开本:787mm×1092mm 1/32

印张:3.25

字数:53千字

印数:1-5000

ISBN 978-7-5538-0887-1

定价:15.00元

承印:长沙超峰印刷有限公司

如有印装质量问题,请与本社印务部联系

电话:0731-88884129